홀씨 되어 나비 되어

홀씨 되어 나비 되어

2024년 4월 1일 제 2판 인쇄 발행

지 은 이 ㅣ 이순자
펴 낸 이 ㅣ 박종래
펴 낸 곳 ㅣ 도서출판 명성서림

등록번호 ㅣ 301-2014-013
주   소 ㅣ 04625 서울시 중구 필동로6(2,3층)
대표전화 ㅣ 02)2277-2800
팩   스 ㅣ 02)2277-8945
이 메 일 ㅣ ms8944@chol.com

값 10,000원
ISBN 979-11-92487-83-0

홀씨 되어 나비 되어

린아 **이순자** 시집

도서출판 명성서림

서문

풍경 비유의 유장함과 서정의 아름다움
- 이순자의 〈강물은 흐르고〉를 중심으로

이순자 시인은 풍경 비유의 달인이다.
해질녘 풍경, 밖에서 바라보고
물거울 영상으로 말한다.
위에서 나직이 이야기하면
아래에서 친밀함으로 반응한다.
산마루 넘는 해, 솔바람
잔잔한 물결로 말을 걸어오면
황금 비늘 영상으로, 따스하게 맞이한다.

시인의 심미안이 빛을 발한다.
풍경 거시 시선은 현미경 미시 시선과 교차한다.
해질녘 그림자 사이로
이웃 사물과의 친밀 조우를 잊지 못한 자,
그리움의 극점에서 물새의 노래가 시작된다.
언어가 다하는 곳에 선율이 시작된다.
객관의 풍경에 비유 시선이 가세하면서
새로운 상상 우주가 펼쳐진다.

아, 잠시 머문
여기는 어디쯤일까.

해질녘 황홀 체험이 추억 속 보물로,
물 위에 아롱진 예술체험으로 전이 확장된다.
무의미한 사물이 의미 깊은 예술 사물로 변용되면서
너와 나의 현존을 건드린다.
시인은 이를 볼 줄 안다.
이를 활용할 줄 안다.

시인은 침잠으로, 관조로
창작의 기쁨과 설렘 여정을 열어놓는다.
흐르는 강물 향해 노래하는 물새,
친밀함이 말을 걸어온다.

말 걸기에 반응하는 자,
기다리는 자는, 솔바람에서
강 물결로, 산마루 해에서
부서지는 황금비늘로 새롭게 태어난다.

순례자로, 이름 모를 한 마리 물새로
시적 자아의 전이가 이루어지면서

　　침잠과 교제의 쾌감은 현존 변신의 새 기쁨으로 확장
된다.

　　현미경 시선으로 돌아온 자,
　　잠시 머문 맴돌기 여정으로
　　갈대 숲, 아롱진 코이노이아의 감동이
　　창의적 시지각 비유 이미지로 변용된다.

　　〈강물은 흐르고〉의 서정 아우라,
　　너와 나, 시적 자아로 하나 되어
　　우리네 현존 변신 가능성을 조망케 한다는 점에서 풍
요로움이 밀려온다.
　　이를 향한 침잠의 황홀경, 사색 사유의 판타지, 그 공감
우주를 확장케 함은
　　이순자 시언어 예술 작품의 매력이자, 우리시대 문단의
주요 자산이라 할 것이다.

다매체예술해석학, 문학박사, 국립순천대학교 명예교수
김 길 수

시인의 말

나를 찾아 날고 싶다고
늘 외쳐대던 단어들이
오랜 기간 나에게 붙들렸다.
밀당과 옥신각신 실랑이하다가
눈이 부시게 맑은 가을 어느 날, 드디어
만삭의 몸으로 푸른 창공 드높이
자유의 나래를 펼쳤다.

그리고, 새 봄날
시대, 역사, 사람, 사물 그 어떤
것이라도 허투루 지나치지 않고
다각도의 시선으로 바라보며 따스한
마음으로 어루만지려 노력하였다.
푸르게 곧게 뻗은 아름드리 소나무처럼
하늘을 우러러 끝없이 정진하고자한다.
한없이 부족하지만 '시인'이라는
하나의 이름으로 남기고자
동일 시제로 제 2판을 상재한다.

2024년 봄
린아 이순자

차
례

1부 / 강물은 흐르고

2부 / 팔마비 예찬

4부 / 순천만에서

1

강물은 흐르고

강물은 흐르고

잔잔한 물결 위에
솔바람 스치니

산마루 넘는 해
황금비늘로 부서진다

이름 모를
한 마리 물새

외롭게 떠
그리움 노래하고

아스름한 긴 그럼자
퍼어렇게 여울진다

아, 잠시 머문
여기는 어디쯤일까

아쉬움은 갈숲에 맴돌고
추억은 물 위에 윤슬되어 아롱진다.

인생

목적지가 있는 새는 비가 와도
젖은 날개로 쉼 없이 날며

집 없는 달팽이는 집 찾아
끝없이 미끄러지는데

저 멀리 등대 불빛은
기억의 편린으로 바스라지고

깊이를 모르는 파도에
방향을 잃고 자맥질 한다

인생이란
작은 뗏목의 돛처럼 위태로우나

나, 거친 풍랑에도
기꺼이 앞으로 앞으로 나아가리라.

신열身熱

모진 신고辛苦
선잠으로 뒤척이는 한 밤

그대 손 의지하던
뒤안길 세월이 몇 해런가

바람찬 고갯길마다
그 허리 휘어도

홀로 지킨 시름을
골 깊이 가슴에 묻던

저 기침 소리
흰 새벽이 눈뜨는 바람 소리

부우연 영창 밖엔
찬 이슬 저리도 내리는데.

내 아버지

큰 나무처럼 곧게 서 계셨던 아버지
생전 처음으로 무거운 짐 내려놓고
부서진 고관절에 인공뼈 심으셨다

혼자선 집으로 돌아갈 수 없는 길
기울어진 빈집처럼 위태로운 다리는
몸과 함께 움직일 수가 없으시다

불같은 성질도 대쪽 같던 자존심도
쓸쓸히 장기요양병동에 내려놓으셨다

품위를 지키려 애쓰던 노년의 끝자락
말 안 듣는 육신은 타인의 손 의지해
자신을 내려놓고 순응하며 견디신다

생전 일면식도 없던 이방인 집합소
막바지 안식처마저도 뒤흔드는 코로나
은밀한 위협에 빈 가슴만 쓸어내리신다

가는 심지에 기댄 촛불을 바라보듯
간절한 마음으로 꺼지지 않고 견뎌주시기를.

평행선

검푸른 바다
깊이 흐르는 말씀

더 낮아져라
더 고요 하라

저 섬 너머
찬란한 무지개도

잠시 머물다
흔적 없이 사라지나니

너의 눈 들어
늘 깨어 기도하라.

세월의 길목

희망의 등대 향해
별을 보고 달려온 나날

드높이 오르던 꿈
검은 구름 덮쳐 사라지고

구원의 손길 소망하며
눈물 삼킨 인고의 세월

말씀으로 순수해진 영혼
깊고 낮아져 선을 위한 헌신

잔잔한 다사로움으로 품어
오늘도 감사드리며 기도하리라

보리

힘겨워
눕고 싶어지면

언 땅
보리를 본다

내게
눈보라 몰아치면

무거운 눈
이겨내고

보릿고개
생명을 건진

밟혀도 일어서는
그 여린 싹을 생각 한다

농부

혼신을 다한 힘
대지에 쏟아 붓고
이글거리는 무더위
구슬땀에 젖은 고행

한없이 무심한
세월의 보상으로
빈손에 행복
한 줌 쥐려하다

꿈꾸던 열매
나락의 여신에게 안긴 채
노을 끝자락에
무력한 한숨 내려놓는다.

사도沙島와 썰물

모세의 기적 일어나면
일곱 개의 섬은 하나가 된다

바닷물이 멀어지면
하나 둘 드러나는 공룡의 발자국

더 낮아져라 이르는 짙푸른 물
먼 옛날, 육지와 갈라놓았다고 섬은 말 한다

바위를 부수어 구멍을 내고
조각상을 만들어낸 파도였건만

공룡의 흔적만은 가슴에 꼬옥 품은 듯
선명하게 서 있다

강태공 낚싯줄에
마지막 공룡의 울음이 걸리고

넓어지는 모래밭에 숨어 지친 발자국들
이제 다시 이름지어야할 공룡의 발걸음 일어선다

연분

간절한 두 마음
하늘에 닿으매
은혜로운 축복의 날.
변함없는 사랑
언약 하였나니
나란히 맞잡은 손,
진리 가운데 뜻 모아
장엄한 미래를 세워야 하리

행복이란
선線에서
선善을 이루는 일.
기쁨의 통로가 되는
향기로운 길목
풍성한 삶 이루길
두 손 모으나니
영원토록 서로 사랑 하리

봉화산에 오르면

갈맷빛 산 바라보노라면
산 빛에 동공이 찔리고
목까지 차오르는 숨 참다보면
원 없이 여름을 노래하는 매미가 되고 싶어진다

서산에 다다른 해의 아쉬움처럼 가장 필요한 것은
더 푸른 희망이라고 두 손 들어 서걱서걱 되뇌이고
도심을 발밑에 품은 나뭇잎들은 서로 속살거리며
낮은 목소리로 제 각각 삶의 윤회를 말하는데

솔바람은 세상 소음 씻는 손으로
청량한 여유로 내 두 귀 어루만지며 다독이니
어찌 봉화산에 아니 오를 수 있으랴

산에 오르다 힘겨우면 주머니 뒤져
자존심 한 자락 고민 한 뭉치
툭, 내려놓을 일이다.

봄 숲에서

저기 저 무한한 희망을 보라
나무는 손끝의 긴장을 늦추지 않고
꽃샘바람에 맞서 푸른 생명을 낳는다
온유한 침묵 진정 맑은 빛으로
마음 깊숙한 상처 밀어내고
늘 깨끗함을 지니고자, 오늘도
청정한 시를 짓나니
버거운 머릿속 가벼이 풀리고
싱그러운 계곡물처럼 투명해 지리

눈물 한 줄기만

시집 속의
알 수 없는 언어들과
사나흘 밤 뒤척였습니다

오늘 아침 봄비 속삭이는데
껍질 부수고 나온 언어 하나 둘
눈 뜨고 일어섰습니다

샛별 같은 빛을 내며
가슴 틈새 비집기도 하고
멍한 머리 흔들어 깨웠습니다

표지에 실린
알 수 없는 시인의 모습
다시 들여다 보았습니다

오늘은
훨훨 벗은 나신裸身
다 보여 주었습니다.

화이트 데이

대학교 정문 앞
즐비한 사탕바구니
주인을 기다리는데

문득
양치는 목동 떠올라
산뜻한 색상 하나 골랐다

피리불어 길 인도하듯
고독한 시인의 외로운 길
척박한 땅 일궈 뿌린 진리의 씨앗

대나무처럼 곧게 서
'남자들이 좋아하는 여자에게
사랑을 고백 하는 날'

'그것도 모르니
시를 못 쓰는 거야
남들이 모르는 것도 알아야지'

멋진 스승은
언제 보아도
푸른 초장의 해맑은 목동이시다

달밤

보름 가까워진 달에게
벅차오르는 무지개 꿈
차마 할 수 없는 말
쏘아 올려봅니다

바람은 맨 몸으로
서 있는 나무들을 스치면서
머무르고 싶어진 마음
메아리 남기며 멀어 집니다

나뭇가지 사이로
황금빛 줄기를 뻗은 달이
찬란한 빛 가루를
푸르스름한 눈밭에 뿌립니다

약속의 노래보다
앞선
두려움의 긴 그림자
아득한 길 뿐입니다

사랑하기보다
사랑하지 않는 것이
더욱
어렵다는 우리는

깊은 겨울 밤
발목을
눈 속에 묻고
서 있습니다.

2 팔마비예찬

팔마비 예찬

하늘의 뜻 순응하는 삼산에
수수 백백 철쭉꽃 피고 지고

순천만 젖줄 이수 굽이굽이
구마九馬 행렬 청렴한 향기 뿜어

유구한 역사 문화 생태의 터전
청백리 맑은 길 초석이어라

면면히 이어져 온 팔마八馬 정신은
눈물어린 민초 향한 최석 부사의 얼

부민이 세워 기린 최초 선정 청덕비
세세토록 무궁한 순천의 빛 되리라.

매산등에서

순천시 도시근대화의 시발점
야트막한 언덕배기 교육의 요람

저우실 감돌아 오르는 새봄바람
수줍은 홍매화 마음 문 활짝 열어
상춘객 고된 사연 포근히 보듬고

이역만리 낯선 땅에 몸 바친 헌신
고귀하고 거룩한 사랑의 발자취

교육 의료 복음의 열매 알알이 맺혀
순례의 발길 끊임없는 은혜의 동산
돌무지에 꽃 피운 찬란한 개신교 유적

우뚝 선 기독선교 역사박물관을 걷노라면
수난과 격동에 맞선 세월 잔잔히 속삭이네.

금산 교회에서

여섯 살에 부모 잃고
친척 집에 얹혀 십 년 세월
끝없이 암담했던 남해 섬에서
육지로 향한 배에 오른 열여섯 소년
빈 손이라 뱃사공께 선처를 빌었다
걸어서 남원을 거쳐 전주에서 되돌아
김제 땅에 이르러서는 더 이상은
걸을 수가 없어 근처에서 무작정
가장 큰집을 찾아가 대문을 두드려
마침내 그 집의 마부가 되었다
하늘의 섭리는 참으로 오묘하여
오가는 길손에게 후한 인심을 베풀던
그 집의 사랑채는 예배당이 되었고
ㄱ자 모양으로 남 여 평등이였다
주인은 하인을 평양 신학교에 보내
머슴은 목사가 되고
주인은 장로가 되어
신앙 앞에 신분을 뛰어넘었다
어두운 밤길을 위한 한줄기 빛
목사는 한국 교회사의 큰 인물로
금산교회는 역사의 등대로 우뚝 섰다.

순천 문학관에서

– 김승옥 작가

갈대숲 스쳐오는 청량한 바람
갯벌이 품어주는 무수한 생명
평화로운 순천만 생태계 찾아

맺힌 사연 안개에 실려 보내고
고고한 침묵 속에 겸허히
품은 뜻 더없이 넓고 높나니

놓았던 붓 들어, 다시
못다 이룬 꿈을 향하여
펼쳐보는 고도의 은빛 날개

예술의 향 가득히
문학사 영화계에 남긴 발자취
거목은 늘 푸른 깃발로 서 있다.

당산 이팝나무

마을의 생사고락
함께해 온 이팝나무 수령
사오백 년쯤 되었다는데

새하얀 꽃 수북이 피워 올려
풍년을 기원하고 새들의 노래 매미의 합창
뭍 생명 보듬어주는 안식처 예대로 인데

초롱초롱 빛나던 꿈나무들 사라지고
어르신의 발걸음 큰기침소리도 들리지 않아
이팝나무 홀로 무심한 세월을 기록하네.

한글작문교실에서

거리엔 은행잎 춤추고
들판은 가을바람 스산한데
농사짓는 어르신들 여전히 바쁘시다

배움에 목마른 이들, 행여
수업시간 늦을세라 밭일하다 달려와
바쁜 틈에도 묵직한 봉지 안겨주신다

이제는 거리의 간판 글자도 알고
깜깜하던 저금통장의 숫자도 읽고
글솜씨 자랑대회에서 상장도 받았으니

지금 죽어도 여한이 없노라 하신다
일제 강점기와 전쟁의 폐허 위에
굳세게 맞섰던 까막눈의 어머니들

당당히 우리나라 일으켜 세웠나니
그 위대한 헌신과 숭고한 희생 앞에
겸손히 낮아지는 평생학습 한글강사

선생님 덕분에 세상 훤히 보인다시며
기쁨의 눈물로 나의 손을 정답게 잡으신
어르신들에게서 삶의 지혜를 배우는 중이다.

한옥 리모델링

매미 까치 노래하던
우리 집 명물 단감나무
톱날에 잘려나가기 전까지는
가슴 철렁 내려앉을 줄 몰랐었다

가지런히 뻗은 서까래가
목수의 톱질에 잘려나가기 전까진
부서진 제비집 보며
속울음 삼킬 줄 몰랐었다

비, 바람, 풀벌레소리
자연의 속삭임이 스며들던 한옥
절반쯤 양옥으로 넓혀졌는데 우리 아들은
아침 잠 깨워주던 새소리가 들리지 않아 불평이다.

이국땅의 한국 청년

설레는 마음으로 떠난 가족여행
반세기를 옆에서 지켜 준 듬직한 남편,
언제나 예쁜 딸과 함께
셋이서 태국으로 향했다.

공항으로 마중 나온 관광 가이드
훤칠한 키에 호감형의 삼십대 한국 청년
세계사에 능통하고 지식이 풍부해
왕조문화 역사로 시작된 여정이 뜻 깊고 즐거웠다.

그는 우연히 이곳으로 놀러 와
순박하고 여유로운 정취에 반해서
현지인 아내와 결혼해 아이도 낳고
십년 째 행복하게 잘살고 있다고 했다.

고국에 가고 싶지 않느냐는 질문에
아마도 많은 젊은이들이 본인처럼
떠나고 싶을 거라고 말하는
그의 쓸쓸한 옆모습을 보며,

불현듯 쓸쓸한 기분이 파도처럼 밀려왔다.

태백의 눈꽃에는

폐부에 찌들어간 탄가루는
혈관을 타고 돌고 돌아
그의 숨통을 조여 왔다

생명을 담보로 시작되는
하루일과는 컴컴한 동굴 속을
제 발로 기어들어가는 것 이였다

바위틈 사이로 새어나온
한줄기 눈부심의 아찔한 현기증으로
수만 번 찍어 내리는 곡괭이질

설국 열차는 눈꽃 열차가 되고
도르래 같던 생의 하역은
현생에서 흑과 백으로 비켜간다.

압록강 변에서

하늘 높이 치솟는 워터쇼
황홀경의 무지갯빛 물안개
강변에 모여든 남녀노소
제기차기 부채춤 각종 율동

도도히 흐르는 침묵의 물위에
훤히 불 밝힌 반쪽철교는
한 많은 한국전쟁을 증언하고
육교의 화물차 북에서 오는데

어둠이 내리는 강 건너 신의주
한 점의 불빛도 보이지 않는 것은
동포의 어려운 경제사정을 보는 듯
신바람 난 단동의 서글퍼지는 밤

밴쿠버에서

청정한 자연과 평화로운 공원들
세계에서 손꼽히는 살기 좋은 곳

인디언 터전 강탈해 세워진 건물
근대건축물 문화재로 자리매김하고

우리 유학생들 넘치는 거리에서
어학연수 왔다는 여대생이 하는 말

부러워 뒤따라 오겠다는 친구에게
국내에서의 영어공부가 더 바람직하니

우리 민족의 유구한 역사 문화를 알고
자긍심부터 길러야겠더라, 전하였다고.

중앙아시아 초원에서

지평선은 끝없고
산들은 알몸으로 누워
소 말 양떼들을 안았다

몸살을 앓던 대지
불끈불끈 뜻 모아
푸른 피 토해냈다

혼신의 힘을 쏟아
생명을 낳고 젖을 불린
오, 거룩한 어머니

목동의 휘파람 소리
말발굽 장단 맞추는
초원이여 영원 하라

침켄트 제일교회

  – 서성주 목사

처음, 이란으로 갔으나 전쟁이 나서
다시, 발걸음을 카자흐스탄으로 옮겨야했다
교회를 세우려는데 물가는 계속 치솟고
밤마다 도둑이 들어 화장실 문짝마저 떼어가
건물을 절반도 못 짓고 자금이 바닥났다
막막한 날들
창조주께 눈물로 두 손 모았다
여직, 얼굴도 모르는데
이름조차 묻지 말라는 모 교회 집사
남대문 시장에서 의류 도매업 하며
평생 모은 돈을 선뜻 보내주었다
공사는 다시 시작 되었고 어디서 왔는지
알 수 없는 송아지만한 검둥개 한 마리
건축현장에 나타나 밤낮 문지기 해주더니
건물이 완공되자 홀연히 자취를 감추었다
사랑과 평화가 깃든 활기찬 젊은이들
즐겁게 기타 치며 기뻐 노래하는 곳
한글공부로 잊고 살았던 우리말
다시 찾은 고려인들

감사와 축복이 넘치는 교회
지친 몸 멍든 가슴 치유되고 위로받는 곳
교회는 모두의 샘터가 되었다.

고려인

카자흐스탄 침켄트
제일 교회에는
우리말이 어눌한
노인들이 많이 오십니다

당신을
잊지 않겠수다
내 사는 날까지
늘 기억하며 살겠수다

눈물 훔치던
주름진 손으로
끝내 부둥켜 안고
쌓인 설움 쏟으시더니

연해주
피땀으로 일군 땅
일본첩자 누명 써 빼앗기고
영문도 모르는 채 강제 이주

우즈베기스탄, 카자흐스탄
중앙아시아 곳곳에 흩어져
이방인 고려인으로
살아온 모진 세월

지금도
국적 없는 그들은
반겨줄 누구 없고
조국에서는 동포라 부르지도 않지만

꿈에서도 그리던 그 곳
할아버지 할머니의 나라
아, 대한민국
꼭 한 번 가 보고 싶다고.

타쉬켄트에서

세계 3위 면화 생산국
질 좋은 목화 수확을 위해
쥐도 새도 모르게 고엽제 살포

작은 충격에도 부러진 뼈
자동차도 한산한 거리엔
유난히 팔 다리 장애우가 많다

거액의 치료비 감당할 수 없어
평생을 불구자로 살아야하지만
외화벌이 급급한 국가는 비밀

한 많은 고려인의 후손들
뿌리를 찾고픈 간절한 소망
선조께서 당부한 고향주소를

대를 이어 보물처럼
간직하고 여기까지 버텨왔으니
조국은 이제라도 동포의 아픔 품어 주기를... ... .

3

지리산 쑥부쟁이

지리산 쑥부쟁이

- 10.19. 그 이후. 1

찬바람에 무서리 내리고
마른 잎 내려앉는 산자락에
연보랏빛 꽃송이 처연히 서있네

꽃 속에 아리따운 아내의 모습
방긋한 어린 여식 해맑은 미소

길 잃은 산사람의 서러운 발길
밤 세워 기원해도 아득한 새벽
사슬에 묶인 꿈 산산이 부서졌네

사무치다 희미해진 달그림자여
먹구름에 휘둘린 처량한 신세

피아골 흐르는 물 애기단풍에
애타는 이내마음 실어 보내면
사랑하는 임에게 전 하여지려나

가슴 속에 스며드는 그리운 얼굴들
아늑한 내 고향땅에 잠들고 싶네.

동백꽃 그림자

- 10.19. 그 이후. 2

동백꽃 송이송이
총성 다발에 흩어지고

기나긴 고행을 걷듯
묻혀버린 시월의 청춘

샛노란 심장만 남아
허공 휘젓는 먼지로 떠돌다

소리 없이 미어진 곡성으로
이어진 70여년 세월

험한 된서리에 떨군 꽃모가지
회복의 햇살로 붉게 피리라.

뒤안길의 어머님

- 10.19. 그 이후. 3

흙에 살던 순박한 지아비
이유도 모른 채 손가락 총 맞았다
빨갱이 아낙이란 누명을 쓰고
무섭고 두려워 남편 뒤따라가려는데

문득, 뱃속에서 꿈틀거리는
새 생명 신호에 정신을 차리고
모진 목숨 줄 어린 자식에 의지해
억척으로 붙잡아 기적처럼 살아낸 삶

칡넝쿨 같은 손 마디마디
숨 막혀 조여오던 가슴앓이
홀로 견뎌낸 눈물 자국마다
살아도 산목숨이 아니던 세월

숨겨버린 국가폭력 밝혀지고
고목나무 깊은 상흔에도 새순이 돋듯
억울한 누명 벗겨지길 갈망하면서
뒤안길에 서 계셨던 어머니 환히 손 흔드신다.

그리운 아버님

– 10.19. 그 이후. 4

이른 아침 영문도 모르고
느닷없이 끌려가시다 뒤돌아보시던
소처럼 선한 눈빛, 아직도 어른거린다

살아생전 티끌 한 점 잘못 없으나
부역자로 몰려 사살당한 아버지.
어머니는 숨삼킨 눈물만 흘리셨다

수시로 찾아온 경찰
마을 사람들을 회관*으로 불러내 편 갈라
서로 험한 욕설로 모욕하며 뺨 때리길 강요

고막이 터져도 참아야 했고
정다웠던 이웃은 등을 돌렸고
아비 잃은 애들은 빨갱이 새끼가 되었다

아무 죄가 없어도
연좌제 사슬은 발목을 잡아
억울하게 주홍글씨로 살아야 했던 세상

한맺힌 오명 씻어지고
피멍든 응어리가 풀어지는 날
어서 오길 손 모아 빌고 또 바래본다

* 회관 : 전남 고흥군 두원면 오수리 마을회관

매산등 눈물

– 10.19. 그 이후. 5

저우실 마을
저녁 연기 자욱하던 때
살벌한 군화 발자국 소리
토벌대 들이닥쳐 총부리 일렬

남자들 끌어내 줄 세우고
무자비하게 방아쇠를 당겼다
순식간에 무차별 총알 받이
겁에 질린 가족들 문 닫아 걸었다

다음 날, 날이 밝자
선교사 마을 보이열 목사 내려와
정겨웠던 이웃의 싸늘한 주검 애도
일꾼 불러 시신 수습에 앞장섰다

망자의 이름 페니실린 약병에 담아
겨드랑이에 끼워 선교 부지에 묻고
무능한 정부 잔인한 군대의 양민학살 분하여
무심한 하늘 우러러 기도하며 구슬피 울었다.

사무친 기억

- 10.19. 그 이후. 6

내 나이 다섯 살에
바다를 건너 해방된 조국에 왔다

즐겁던 일학년 시절
시월의 총소리에 세상이 바뀌었다

학교는 즉결 심판장이 되고
통곡소리는 애간장을 녹였다

고사리 손에 용돈 쥐어주며
어머니 말씀 잘 듣고 건강해라

다정한 목소리 들리는 듯
아버지는 끝내 오시지 않고

영창에 비친 희미한 새벽빛
긴 밤 지샌 어머니의 한숨 깊어만 갔다.

장대공원, 평화공원에서

- 10.19. 그 이후. 7

지친 발길 호젓이 쉬어 가고
선선한 바람 산새 물새 노니는데

유유히 흐르는 동천 맑은 햇살
그 날의 흔적, 은빛으로 반짝이고

여순 10.19 안내판은
동족상잔의 비극을 증언 한다

통한의 73년. 간절한 숙원
여순 사건 특별법 제정 되고

장대공원에 편승한
여순 10.19 평화공원

소망탑에 켜켜이 쌓아올린 염원
반드시 빛으로 영원하리니

무고한 죽음에 대하여
더 이상 침묵으로 외면치 말고

불의와 폭력은
생명의 존엄 앞에 무릎 꿇고

정의와 진리가 승리하여
이제는 명예를 되찾고 평안을 누려야하리.

야욕의 제물

- 10.19. 그 이후. 8

아들 찾아 나섰다
도무지 알아볼 수도
차마 말로는 형용 못할
한 구, 한 구 유심히 살펴
옷매무새 바느질도 확인하다
정신을 놓고 실신해 몸져누웠다

뜬눈으로 지샌 밤
아들 돌아와 하는 말
친구들이 죽고 끌려갔다며
식음을 전폐하고 앓아눕더니
열아홉에 어미 가슴에 대못박고서
황망히 영영 떠나버렸다

그나마 천만다행인 것은
누명 쓰고 폭력에 갔더라면
부모 형제마저 옭아매어도
입도 벙긋 못하고 당했을 터
그때, 어머니의 당부 말씀은
'알아도 암말 말고 나서지 마라.'

평화로의 갈망

- 10.19. 그 이후. 9

통탄의 민족 분열
황폐한 칠십 여년
간교한 위정자들
탐욕에 눈이 멀어
좌 우 편 가르기

숨겨버린 악행 이유
만천하에 진상규명
부정으로 누린 호사
뉘우치고 용서 구하여
사죄하고 화해하고

보상하고 상처 씻고
한뜻으로 손잡고서
상생의 길 열고 닦아
배달민족 화평하게
무궁토록 살고지고!

트라우마

- 10.19. 그 이후. 10

노동*댁은 팔순 넘긴 할머니
뜨근뜨근한 온돌방 시원하다며
오리털잠바 입은 채 잠을 청했다

소싯적에
마을 젊은이들 끌려가
고문에 못이겨 허위 자백하여

마을은 불바다에 잿더미가 돼
옷가지도 식량도 챙기지 못하고
초등학교 교실로 몸을 피했다

이불도 없이 겉옷차림에
얼음장 같던 교실바닥에서
덜덜 떨며 겨울밤을 지새고

아침이면 바가지 들고
이웃마을에 밥동냥 다니던
무섭고 춥고 배고프던 시절 이후

겨울마다 뼛속까지 시리고 아프다

* 노동 : 순천시 상사면 노동마을

5.18 묘역에서

해마다
얼어붙었던
서러운 남도의 땅에 헌사 합니다

가는 길 밝혀줘 누리는 자유에
감사하는 마음 속 항상
정결하게 피어나 있습니다

흰 꽃들 하나 하나 긴 어둠 열어
드리운 그윽한 향 숭고히
기억 하겠습니다

오월의 백합화

사람의 목소리를 내는 것이
죄가 된 흑암의 시대

맑은 향 품은 꽃봉오리
서슬 푸른 무력에 지고

차오르던 희망의 나래
사납게 덮친 발톱에 찍히고

무참히 짓밟혀도
일어서라 민중의 붉은 함성

다시 피어나라
고결한 백합화여!

팽목항에서

우리의 봄은 아직도
차가운 바다에 묻혀 있다

향기로운 국화 송이마다
아픔으로 떠오르는 영혼들

푸른 꿈은 무심히 지고
진실을 향한 약속마저 희미한데

파도에 밀린 탄식, 분노의 함성
우린 지금, 어느 세월에서 흔들리는가

평화의 소녀상

태양빛 사라져버린
어둠의 참혹한 나날
억장이 무너져 내리고
목 놓은 절규는
무자비한 총칼 앞에 숨죽였다

새파랗게 얼어붙은 심장에
통한의 울분 끓어오르고
차마 말 할 수 없는 슬픔
끝까지 숨기고 싶었던 치욕을
투명한 하늘 향해 밀어 올렸다

모진 세월 덧없이 가고
아물지 못한 상흔 송이송이
무능한 시대 혼탁한 세상에, 여직
처절한 나신으로 외로이 섰나니
이제는 반드시 진실의 역사를 새겨야 하리

못 박힌 걸음걸음 돌고 돌아

평화를 갈망하는 나비가 되어

그리운 고향 아늑한 땅에 비바람 불기 전

청초한 모습 나폴 거리는 꽃으로 돌아갈 수 있다면

정의와 평화를 갈망하는 따스한 손길 굳게 잡으리라

사월의 꽃 하르르

아지랑이 하늘하늘 꽃피우는 사월의 봄날
따스한 햇살 청량한 바람 나부끼며 비상해야할 꽃봉오리들
어이할 꺼나 어이할 꺼나
차디찬 저 심연의 바다로 하르르 하르르 가라앉았네

토해내는 파도의 탄식 속에
애처로이 매달린 간절한 손끝마저 무참히 놓친 순간,
대한의 푸른 꿈 삼백여 송이 맥없이 사그라진
그 무엇과도 바꿀 수 없는 소중한 생명
수 백 톤 쇳덩이보다 무거운 용서받지 못할 침묵
어이하여 덮고 감추기에만 급급했던가

아직도 풀리지 않는 족쇄 꽁꽁 잠식돼 있으나
팽목항 검푸른 바다 맞닿은 하늘엔 갈매기만 맴도는데
애통한 눈물로 염원한 진실 마침내 떠오르고
간절히 원하는 정의로운 세상, 결코 헛되지 않을지니

영롱하게 빛나던 어여쁘고 순결한 꽃봉오리
해마다 사월의 꽃으로 피어나
우리들 마음 속 등불 되어 영원히 살아 숨 쉬리라

4

순천만에서

순천만에서

갈대는
철새 따라온 바람에
온몸 맡긴 채 가는 허리 흔들고

별이 된 꿈
갈잎에 내려앉아
못다 한 사연 풀어 놓는다

갯벌은
새들의 지친 날개
가슴 열어 보듬고

수평선에
애틋하게 물드는 노을
속 깊은 말 안고 잠 든다

민들레

잿빛 시멘트 틈새 비집고
곧추선 고개 지근지근 밟히다

문득,
정신을 차리고 바라본 세상은

어느덧 희뿌옇고 차가운 바닷길 홀로 선 등대처럼
외로운 길에 서 있었다

한참을 치대어 무던해진 시선으로
오롯이 지켜낸 날들

어느 고단한 발길 하나
걸음 멈출 즈음에

새하얗게 품은 둥지
새파란 하늘로 아낌없이 뿌리리다.

설중매

언 땅 심연의 지층에서
치열하게 끌어올린 선홍빛 순결

생사를 뒤트는 순간에도, 어엿이
하얀 눈발 휘모는 바람에게 당부한 말씀

잠시 머무는 이여, 부디
경솔한 소리 내지 마시오.

매화 정원에서

구름타고 오를 듯
오묘한 운룡 매화

매운 꽃샘바람에도
용트림하듯 혼신의 몸짓

고매한 향 천지에 뿜어
찬란한 새봄을 찬미하고

잿빛 세상 청아하게
밝혀주는 정결함이여

그대 오소서, 여기
향기로운 안식처로

복수초

영하의 기온에도
당당하던 고운 미소에
밤새 내린 눈 소복하다

행여 꽃잎 다칠세라
젓가락으로 살살 걷어내고
나머지는 입김으로 호호 날리고

가만히 들려다 보니
작은 키에 어여쁘신 어머니 얼굴
강인하고 온화한 모습 사무쳐온다

정원 불빛 축제

공연무대의 꽃
시낭송이 펼쳐지고
어둠이 서서히 내리자

정원수의 화려한 변신
전깃줄에 온몸이 감긴 채
가지마다 눈부신 불꽃 만발해

오색찬란한 향연에 탄성이 울리는데
나무에 의지해 살던 생명들 집 잃고 우네.
어서, 저들의 보금자리 되돌려주시길!

가을산

단풍보다
붉은 설레임
산그림자에 숨기고

마주 닿은 마음
출렁이다
바다 이루는데

흔들리는 온 산
낙엽은 오솔길 덮고
나는 길을 묻고

은행잎

은행잎 나비처럼 날다
날랜 걸음으로 달음질쳐
공중전화 부스에 기댑니다.

수화기를 든 사람
끊긴 전화에 애타는 마음 실어
다시 숫자를 누릅니다.

외로움 젖은 가슴이
선명하게 비치는 것은
노란 은행잎 때문입니다.

우리 집 수선화

찬바람 잦아들기 훨씬 전,
빼꼼히 모습 드러내 내게
카타르시스 선사한 우리집 수선화
남들보다 먼저 나타난 만큼 일찍 사라지고
지금은 잎줄기만 남아 처절하게 쓰러지듯 누워있다.

어디서 왔는지는 모르는 우리 집 수선화는
다른 것들에 비해 얼굴이 오밀조밀 작고
앙증맞은 키를 자랑한다. 봄 지천에 널리는
오색 꽃들이 피어나기 전 이미 물가에 홀로
자신을 내려다보며 자기가 최고로 예쁜 줄 알았던 수선화.

지금은 쓰러진, 하지만 아직은 따스한 계절, 다시
눈을 들어 깊은 겨울잠을 깨워줄 샛노란 수선화.
그래, 네가 가장 아름답지. 지금은 편히 쉬렴
나는 네게 혹은 내게 말을 걸며
때 아닌 위로 아닌 위안을 던진다.

낙화

몇 년 만에 한번 피는
선인장 화분에도 구절초 무더기도
하늘바라기하는 언덕에도 낙화는 있다

봄꽃의 자태에
눈 찔리는 호사 누려도 낙화는 서러워
꽃 속에 몸을 담그고 사진 한 장 찍어둔다

폐병쟁이 각혈 같은 진달래도 꿀벌 부르는 아카시아꽃도
분화구처럼 한껏 유혹의 입을 벌린 후에 제 스스로
세상이 너무 무겁고 버거워 비명 없이 사라진다

모두들 모르는 척 눈길을 돌리는 사이
시든 꽃잎들은 바람에 쓸려
어디론가 사라지고 만다

서러운 비상... ... .

부차드 가든에서

캐나다 빅토리아 섬
수명을 다한 황폐한 채석장에
부차드 부부가 일구어낸 기적

흙에 떨구었던 땀방울들
어여쁜 꽃송이마다 알알이 맺혀
영롱한 빛으로 환희에 찬 지상의 낙원

천상의 음율 연주하는 듯. 하여
동방의 나그네 버거운 멍에 벗어 던지고
참 평화 깃든 꽃밭에서 영원토록 살고지고!

독도 연가

하늘이 세운
한반도 수호 섬
거센 풍파 휘몰아쳐도
어둠 밝히는 드높은 기개
완강한 바다와 한 몸 이루어
고귀한 생명 지켜낸 고요한 등대
어느 누구도 넘볼 수 없는 우리의 보고
노래하는 새들도 영원한 대한의 땅이라 하네.

바닷가에서

작은 바람에도
일렁이며 달려오는
더없이 푸르러 눈부신 초록

침묵의 세월처럼
아프게 새겨진 심연의 소리
하얗게 뒤엉키다 부서지고

얼어붙은 슬픈 자국마다
정갈하게 씻어 포근히 감싸주는
자비의 손길 충만한 만삭의 바다여!

댕기머리 왜가리

동짓달 해 저물녘
빗줄기 굵어지는데
검은 댕기머리 왜가리
강물에 드리운 침묵

하염없이 응시하다
끝내 곤궁 할지라도
도도히 온몸으로 맞선
찬비 속의 외로운 신사

아직 깊어지지 못해
아쉬움 안고 흐르는
세월의 저 편으로
다시 한 번

은빛 그물을 힘차게 던져본다.

흑두루미 연가

하얀 눈발 날리는데
제 몸 굽히지 않고
시린 갯벌에 외발로
덤덤히 줄지어 서서
아늑한 갈대밭 연주에
스륵스륵 단꿈 꾸다가

용산 저 편 하늘가
희미한 빛 먼동 트이자
가족 무리로 힘찬 날갯짓
화목 장수 행운의 노래
한번 맺은 연분 영원 하리
마지막 노을 질 때까지

꾸르룩 쿠르룩 꾸룩쿠룩

5

홀로 가는 길

민달팽이의 추억

한강 둔치에 몸집이 커다란 민달팽이
느린 속도로 미끄러진다

원래 집이 없는 거니
집이 떨어져 나간 거니

끈적이는 몸뚱이의 목이 졸리고
점액질을 쥐어짜 갈갈이 갈려

수채구멍 속에 빨려들어가듯 정신을 놓다
문득, 고개를 쳐들고 바라본 하늘엔

누군가 토악질한 거품이
뿜어낸 희뿌연 매연으로 자욱하다

고속성장의 똑똑하다는 세상에
적응하지 못한 노인처럼 어질한 눈망울로

몸집만 커져 느리게 미끄러지는 민달팽이는
오늘도 두리번거리며 집을 찾는다.

홀로 가는 길

밥 잘 먹고 잘 있다
그럼, 코로나가 무섭지
명절보다 너희들 건강이 우선이지

오랜만에 걸려온 전화를 받고
말은 쉬웠으나 가슴은 헛헛해
오지 않을 사람 행여 오려나 귀 기울고

아흔 살 고개부터 하루가 다르더니
엊그제도 쓰러져 관리사 도움으로
병원에 갔다는 말 안하길 잘했지

어차피 누구나 혼자 걷는 길
서서히 다가오는 쓸쓸한 종착역
이별 애달파 눈물 짓누르지

긴 밤 뒤척이다 돌아보는 뒤안길
뼈마디 닳고 닳아 욱신거려도
샘물처럼 솟는 자식 사랑 끝이 없어라

먼저 가신 남편은
군대생활 칠년의 국가유공자
동족상잔의 기억 못잊어 가슴치더니

국립묘지, 그 영광의 자리를
끝내, 거부하여 시립에 모셨으니
어서, 그이 곁에 편히 잠들고 싶으이.

88년생 비둘기

푸드덕, 비둘기 저공비행에
여자의 비명소리 날카롭다

평화를 갈구하는 자유의 날갯짓이
눈엣가시가 된 아이러니

평화의 상징은 사람들 입맛대로
섬유 유연제로 자리를 잡기도 했지

순간의 퍼포먼스를 위해 수입되고 사육되다
영문도 모르는 낯선 도심에 흩뿌려진,

그들의 생존전략은 버려진 먹이를 주워 먹는 것 뿐
이용가치가 떨어진 자의 발붙일 곳은 어디일까

천덕꾸러기로 전락한 평화의 상징은
오늘도 에어컨 실외기에 둥지를 튼다.

고흐의 밤

어슴프레 날 저물고
별 무수히 깜빡이는
별이 빛나는 밤이 생각나는 밤

혼돈의 소용돌이에
하늘과 강을 잇는 장엄한 경계
환상의 물빛에 어둠이 차츰 내리니

일제히 일어서는 그리움의 파편들
황금빛 조각 한아름 다가오는데
파르르 날개 움츠리는 작은 새

진열장에 갇혀버린 무심한 하늘
바라볼 수조차 없어 미어지는 가슴
가엾은 새여, 부디 자유의 날개를 펴

석양

황혼이 깃든 수평선 너머 환한 빛
오롯이 둥둥 떠 있는 한 척의 배

뜨듯한 미열이 전한 석양의 곧은 선
노을빛 물든 바다를 지나 내게로 향하고

거친 해풍의 뭇매에 제 할 일 다 한 통발들
파도의 끝자락에서 속 깊은 한숨을 시작한다

세월 가도

막걸리 잘 마시는 김씨
해박한 말솜씨로 보아
공사판 출신은 아닌듯하여
살아온 내력을 물으니

오월 학생 시위 하다
총성에 사람들 쓰러져
뜀박질에는 자신이 있어
무작정 뒤돌아서 뛰어가

감시를 피해 숨어 살았는데
둘도 없던 친구는 행방불명
그리운 친구 가슴에 묻어
살아남은 게 죄라며 한숨지었다.

친구여

소식 없어도
아니 보아도
늘 맑고 푸르러

하나의 영혼처럼
언제나 내 마음에
함께 사는 이여

마음의 여유 없어
베풀지 못한 사랑을
삶의 무게 탓이라고

이젠, 말하지 않으리

장수촌에서

당몰샘 옆집엔
대문이 없다
106세 할머니
감나무 아래서
손수 따신 홍시를
바가지 가득 주시며
어서 먹고 더 따먹어
감나무에 손짓 하신다

문단속 잘하고
낯선 사람에겐
무조건 문전박대하라
수시로 가르쳤던
부끄러운 자식교육
깊은 가을빛 사랑에
걸어둔 빗장 내리고
마음 문 활짝 열었다.

그때 그 자리엔

기차는 시도 때도 없이 오가며
요란하게 구들장을 흔들었습니다
다닥다닥 늘어선 쪽방에는
아프고 지친 어르신이 많았습니다
천식 신경통으로 밤새 뒤척이다
아침밥 거르고 무료급식소로 갔습니다
점심을 기다리는 노인들 급식소 앞에
오종종 모여앉아 이사 걱정을 하였습니다
어디서 어떻게 살았었는지
과거를 잃어버린 무연고 김 노인
아는 것이라곤 자신의 이름뿐이지만
마음씨 착하기는 따를 자가 없었습니다
이를 눈여겨 지켜보던 정미소 주인장
허드렛일자리 월세 방 마련해 주었습니다
주민 센터에 도움 요청하여서
기초생활수급비도 타게 되었습니다
하지만 천원 만원 구분조차 못 한터라
사는 모양새는 언제나 애처로웠습니다

그때 그 자리엔

장대 공원, 평화 공원이 들어서있지만

고단했던 노인들의 삶이 망연히 서 있습니다.

새벽시장에서

하얀 눈송이 거리를 덮고
밤 지샌 상인들이
남긴 음식들
시장 어귀에서 절반쯤 얼어가고

남루한 노인
날랜 걸음으로 나타나
검정 비닐봉지로
덥석 덥석 집어 돌아서는데

김이 모락모락 오르는
음식점에 앉아
목 메인다
노인이 어른거린다.

주암호에서

태곳적부터 흐르는 생명수
호수에 고스란히 담긴 옛 숨결
수런수런 안개 따라 피어오르는데

오붓한 옛집 그리운 얼굴
망향비 아래 백발의 실향민
마지막일지도 모르는 발길

차마 돌아서지 못하고
허망한 눈빛, 휘청거리다가
덧없는 세월 물 위에 띄우고 침묵 하네.

작별 의식

플랫폼에서
떠나버린 기차를
망연히 거듭 바라보던 순간,

잔망스러운 초침소리에 움직이는
시침과 분침이 그리도
원망스러울 수가 없다

이 또한 지나가리란 말은
흐느끼는 간곡함으로 허우적대며
고된 쳇바퀴를 돌 뿐.

이승의 운명殞命

유난히 많은 흰 눈이 흩뿌려지던 날
깊고 맑은 하늘에서 어둠 한 점 내려와
캄캄히 푸른 날개 짓눌러
고통이 나가자 고요의 소용돌이
지친 몸은 미동도 없는데
다시 돌아올 수 없는 이승의 고갯마루
마지막 잡은 손 차마 여직 놓지 못했건만
헤어날 수 없어 무너진 가슴은
뿌연 공중에 흩뿌려진 붉은 울음에 걸려
잘디잘게 조각난 파편으로 알알이 사무친다
나보다 여덟 살 적지만 더 성숙했던 동생
하늘의 그리움으로 먼저 불리워져
황망히 야속하게 이승을 떠나지만
하얀 눈처럼 눈부신 하늘에
하얀 천사로 어여삐 밝게 빛나리.

역설의 봄

오열보다 더 진한
새봄의 울컥이는 침묵

한 세월이 멈추고
낯선 길엔 적막이 흐르는데

꺼진 온기 잃어버린 시간
얼마 일지도 모를 코로나 사태

떠밀려온 파도 같은 쌀쌀한,
쓸쓸함을 온몸으로 맞네

낯선 어스름이 꺼진 저녁
아득히 가슴 조이던 별들은

혼신으로 세상을 밝히나니
우리의 성숙한 봄으로 새로워지리.

코로나의 항변

공존을 모른, 궁지에 몰린 존재들에게

당신이 만지는 모든 것은 곧 당신의 미래
우리 대신 질식했으면 좋겠어
출발과 정지, 이륙과 착륙
모두 각자 제 위치로!
숨을 쉬어! 초조할 것 없어
시간을 벌었으니

숙주를 잃은 깃털은 둥둥 떠다니다
장착할 집을 발견, 안착
네가 날 이렇게 만들었어
네가 날 이렇게 바꿨어
나도 기댈 곳이 필요해
당신의 산소가 부족할 때까지

내가 시작했던 곳에서 끝이 나기를.

시
평

인류애人類愛의 시詩 중추와
시인의 소명召命 의식

린아麟娥, 이순자 시집『홀씨 되어 나비 되어』론

복 재 희

시인·수필가·문학평론가

1. 프롤로그

시론에 앞서 작품을 일별一瞥하자니 여느 시인들과 다른 시적 수로를 지녔음을 발견하게 된다. 거개 서정시인들이 여린 감성의 수로를 지나는 여정이라면『홀씨 되어 나비 되어』작품은 시인만의 신념의 줄기가 견고하고 근대사의 아픔까지도 담아내려는 폭 넓은 수로를 지녔음을 발견하게 된다. 그렇다, 시는 신념의 표현이고 그 신념을 시적으로 나타낼 때, 시적장치의 요소가 결합하여 이미지의 숲을 이루고 마침내 개성 있는 존재로 우뚝 설 수 있음이다. 바로 린아, 이순자 시인의 작품이 그렇다. 한 민족이지만 서

로 다른 아리랑은 언제 하나가 될까를 하소하며 시인의 인
류애가 빚은 시향을 따라 가보자.

2. 잊혀진 우리의 동포同胞 고려인

카자흐스탄 침켄트
제일 교회에는
우리말이 어눌한
노인들이 많이 오십니다

당신을
잊지 않겠수다
내 사는 날까지
늘 기억하며 살겠수다

눈물 훔치던
주름진 손으로
끝내 부등켜 안고
쌓인 설움 쏟으시더니

연해주
피땀으로 일군 땅

일본첩자 누명 써 빼앗기고
영문도 모르는 채 강제 이주

우즈베기스탄, 카자흐스탄
중앙아시아 곳곳에 흩어져
이방인 고려인으로
살아온 모진 세월

지금도
국적 없는 그들은
반겨줄 누구 없고
조국에서는 동포라 부르지도 않지만

꿈에서도 그리던 그 곳
할아버지 할머니의 나라
아, 대한민국
꼭 한 번 가 보고 싶다고.

- 「고려인」 전문

　　우리 민족의 슬픈 역사가 흠씬 묻어나는 작품이라서 시
인의 시적 고찰이 상당히 진지함을 보여주는 대목이라 하
겠다. 시제가 말하듯 '고려인'이란 국력이 쇠약해져 국민

스스로 생존해야하는 처절한 환경에 내몰리게 된 – 잊혀
진 우리의 핏줄들의 애환이 서런 이름이다. 고려인들의 이
주의 첫 시작점은 함경도 농민 중, 열세 가구가 두만강을
건너 새 삶을 꾸리기 시작하여 1867과 1868년의 대흉년
은 대기근으로 이어지고 1869년 여름에 대 홍수까지 겹치
자 더 나은 삶을 향한 기대감으로 일만 여명이 조선을 탈
출하게 되는 절정을 이룬다. 그 당시엔 국경의 체계가 없었
고 두만강을 넘으면 말이 소련 땅이지 황무지나 다름없는
땅, 연해주였다.

그 척박한 땅 연해주를 고려인들은 피눈물로 개척하여
황금벌판을 만들게 되고 그 업적으로 제정 러시아에 큰
기여를 했으나 1905년 우리의 국권은 박탈되고, 1910년엔
일본에 강제합병까지 되고 보니 연해주는 민족운동의 본
거지로 큰 역할을 하게 된다. 고려인들은 학교, 극장, 출판
사를 지어 한국어를 가르치고 아리랑을 함께 부르는 끈끈
한 공동체로 거듭나고 있으니 극동 러시아 정부가 좋게 볼
일이 만무했다. 1917년에 이르면 제정 러시아가 붕괴하고
소비에트정권이 수립되었으나 소련에 충성하는 이민을 새
로 받기위한 계책으로 고려인을 '일본간첩'이라는 누명을
씌워 한인들을 내쫓거나 총살형을 자행하는 것도 모자라
1937년에는 피로 일군 삶의 터전을 모두 빼앗고 18만 명이
단기간, 집단 강제 이주에 처해지게 된다. 화장실도 창문
도 없는 가축화물차에 짐짝처럼 실려 40일간 6천km를 이

동하느라 추위와 굶주림 그리고 홍역으로 60%가 사망하는 지옥을 경험하며 다다른 곳은 우즈베키스탄과 카자흐스탄 땅이었다. 그 낯선 땅에서 물자조차 전혀 배달이 되지 않자 토굴을 지어 살면서도 놀라운 정신력으로 척박한 땅을 일구어 창의적 방법으로 쌀농사, 목화농장 등 집단농장을 만들어 러시아에서 가장 성공한 소수민족으로 우뚝 선 우리의 동포, 고려인이다. 설상가상으로 소련이 붕괴하면서 우즈베키스탄과 카자흐스탄이 독립하게 되니 고려인은 이방인으로 전락하게 되는 운명에 처해진다. 그러나 고려인들은 다시 한반도로 돌아 올 수도 없는 처지로 이중고를 겪는다. 현재 고려인은 50만이나 되며 이 중에 한국에 일자리를 찾아 들어온 고려인이 8만 명이나 되는데 언어가 서투르다보니 외국인 노동자 취급은 다반사이고 거기다 임금체불에 편견과 차별까지 당하는 열악한 환경에 처해있음에 우리는 관심을 지녀야한다. 필자가 이리도 길게 나열하는 것은 이 지면을 만나는 독자들은 우리 민족의 또 다른 참상이었음을 기억하시고 먼저 손 내밀어 함께 보듬고 살아가야할 내 동포임을 인식하시길 호소하고 싶은 간절함의 발로라 하겠다.

난해한 시어가 아니라서 달리 해설은 필요하지 않지만 시인의 시적 여정이 거개 서정시인이 보여주는 나긋한 메타포가 아니라 그늘진 우리의 아픈 근대사에 빛을 더하려는 선한 영향력으로 펼쳐졌기에 필자에게나 독자에게 큰

자각을 일깨우게 하는 시인의 휴머니즘에 감사하다 전하
면서 시인이 지향하는 시적여정에 문운이 환하기를 기원
하며 다음 작품을 만나보자.

3. 살아도 죽은 목숨이셨던 우리네 어머니들

흙에 살던 순박한 지아비
이유도 모른 채 손가락 총 맞았다
빨갱이 아낙이란 누명을 쓰고
무섭고 두려워 남편 뒤따라가려는데

문득, 뱃속에서 꿈틀거리는
새 생명 신호에 정신을 차리고
모진 목숨 줄 어린 자식에 의지해
억척으로 붙잡아 기적처럼 살아낸 삶

칡넝쿨 같은 손 마디마디
숨 막혀 조여오던 가슴앓이
홀로 견뎌낸 눈물 자국마다
살아도 산목숨이 아니던 세월

숨겨버린 국가폭력 밝혀지고

고목나무 깊은 상흔에도 새순이 돋듯
억울한 누명 벗겨지길 갈망하면서
뒤안길에 서 계셨던 어머니 환히 손 흔드신다.

- 「뒤안길의 어머님」 전문

필자는 "아프지 않은 자 어찌 시를 쓰냐?"고 반문하는 입장을 고수하며
필을 들고 있다. 거개 시인들은 자신의 당면한 문제에 아픔을 느끼지만 린아 시인처럼 여순 10·19 항쟁에 이어 6·25 동란으로 인한 우리네 어머니들의 한을 보듬어 자신의 아픔처럼 느끼는 인식은 나긋한 여류시인의 시각이 아니라 깊은 휴머니즘이 낳은 인류애가 외치는 포효라 하겠다.

린아, 시인의 시적정서는 흔하지 않은 시샘을 지녔으며 계절로 말하면 시린 겨울에 닿아있다. 그럼에도 구원의 손짓을 기다리는 봄날 같은 희망이 늘 마지막 행을 장식하는 시적 정치망으로 안착되어 안도의 숨결이게 하는 상당한 시적재능을 지닌 시인이다.

위 작품을 한 행으로 마련한다면 처절한 상황에 내몰리신 운명, "살아도 산목숨이 아닌 우리들의 어머니"라 하겠다.

1연에, "빨갱이 아낙이란 누명을 쓰고 / 무섭고 두려워 남편을 뒤따라가려는데 " 2연에, "뱃속에 꿈틀거리는 / 새

생명 신호에 정신을 차리고"

3연에, "살아도 산목숨이 아니던 세월"을 어린 자식 의지해 견뎌내시고 억척을 일으켜 기적처럼 살아 내셨으니 고목에 새순이 돋듯 필시 억울한 누명은 누명으로 밝혀질 것이기에 4연에, "뒤안길에 서 계셨던 어머니 환히 손 흔드신다" 는 희망을 소망하며 탈고를 한 작품이다.

그 시절 우리네 어머니들의 홀로 숨어 우신 그 뜨거운 눈물이 거름이 되고 열매가 되어 오늘의 우리는 잘 살고 있는 것이라 생각한다. 『홀씨 되어 나비 되어』에서 지난날 우리네 어머님들의 한을 승화시켜 드리니 필자에게도 기쁨이 인다. 다음 작품 「사월의 꽃 하르르」에서 우리 또 함께 생각해 보자.

4. 숨 쉬기도 미안한 사월이여

아지랑이 하늘하늘 꽃피우는 사월의 봄날
따스한 햇살 청량한 바람 나부끼며 비상해야할 꽃봉오리들
어이할 꺼나 어이할 꺼나
차디찬 저 심연의 바다로 하르르 하르르 가라앉았네

토해내는 파도의 탄식 속에
애처로이 매달린 간절한 손끝마저 무참히 놓친 순간,

대한의 푸른 꿈 삼백여 송이 맥없이 사그라진
그 무엇과도 바꿀 수 없는 소중한 생명
수 백 톤 쇳덩이보다 무거운 용서받지 못할 침묵
어이하여 덮고 감추기에만 급급했던가

아직도 풀리지 않는 족쇄 꽁꽁 잠식돼 있으나
팽목항 검푸른 바다 맞닿은 하늘엔 갈매기만 맴도는데
애통한 눈물로 염원한 진실 마침내 떠오르고
간절히 원하는 정의로운 세상, 결코 헛되지 않을지니

영롱하게 빛나던 어여쁘고 순결한 꽃봉오리
해마다 사월의 꽃으로 피어나
우리들 마음 속 등불 되어 영원히 살아 숨 쉬리라

- 「사월의 꽃 하르르」 전문

운명이란 단어를 사전에서 찾아보면 '인간을 포함한 우주의 일체를 지배한다고 생각되는 필연적이고도 초인간적인 힘'이라 정의하며, 숙명이란 단어를 사전에서 찾아보면 '날 때부터 정해진 운명'이라 밋밋하게 정의한다. 그렇다고 보면, 피지도 못하고 찬 바다에 수장 된 삼백사명의 꽃봉오리들의 바스러짐을 운명으로 받아들여야 하나 숙명으로 받아들여야 하나는 의문을 지니게 된다. 2014년 4월

16일 오전 8시 50분은 자식을 둔 부모들은 결코 잊을 수 없는 사월의 슬픈 숫자들이다. 침몰 원인으로는 조타수의 조타미숙으로 인한 대각도 변침으로 배가 좌현으로 기울어 제대로 고박 되지 않은 화물이 좌측으로 쏠려 복원성을 잃었다는 내용으로 발표된 사건을 시인은 시적 소재로 삼은 작품이다.

세월호 사건으로 대한민국은 갈등과 분열 등 엄청난 후폭풍에 직면했고 대한민국 현대사에도 엄청난 영향을 끼친 사고였으며 지금까지도 진행형이라 조속히 진상이 환히 밝혀져 억울함이 해소되어야 할 중대한 사건이라서 독자들에게 상기시키자는 의미로 탄생되어진 작품이라 생각된다.

표현되어지는 시는 시인을 나타내고 다시 시인은 시를 쓰는 것이기에 이 순환 논법은 결국 시는 시인이라는 등가等價가 성립하게 된다. 시인의 감정은 물론 사상 혹은 과거와 현재 또는 미래의 특징까지도 드러나는 것이 한 편의 시가 갖는 함축미의 다의성이다. 이 다의성ambiguity은 혼란의 뜻이 아니라 의미의 질서를 갖추고 다양한 뜻을 추출하는 시의 기교를 말한다면 린아 시인의 시는 거개 시인들과는 달리 사회의 정의 내지는 올바른 질서가 확립되기를 바라는 의식이 뚜렷한 시인이다. 다음 작품은 어떤 수로를 지녔는지 만나보자.

5. 김승옥 작가와 함께 숨 쉬는 문학의 땅 순천

갈대숲 스쳐오는 청량한 바람
갯벌이 품어주는 무수한 생명
평화로운 순천만 생태계 찾아

맺힌 사연 안개에 실려 보내고
고고한 침묵 속에 겸허히
품은 뜻 더없이 넓고 높나니

놓았던 붓 들어, 다시
못다 이룬 꿈을 향하여
펼쳐보는 고도의 은빛 날개

예술의 향 가득히
문학사 영화계에 남긴 발자취
거목은 늘 푸른 깃발로 서 있다.

– 「순천 문학관 에서 – 김승옥 작가」 전문

순천은 천재 소설가 '김승옥'작가와 동화작가인 '정채봉' 작가의 생애와 문학사상을 기리기 위한 '순천문학관'이 자랑인 곳이다. 우리에겐 '오세암'이란 작품으로 기억되는 –

샘터 편집장이셨던 '정채봉' 작가도 자랑이려니와 무엇보다도 '무진기행'의 저자이시며 감수성의 혁명가이신 '김승옥' 작가가 순천을 대표하고 계시니 그 곳이야말로 문인들이 살기엔 마침한 곳이라는 생각이 든다.

위 작품 1연에서 펼쳐 보여주듯 소설 속 안개가 실제로 존재하며 특히 해뜨기 전 대대포구에서 마주하는 안개는 특별한 의미로 다가오게 하는 매력이 상당한 곳이기도 하다. 용산 전망대에서 바라보는 순천만의 모습 또한 모두를 시인이게 하기에 충분한 광활한 갯벌이 펼쳐져있을 뿐만 아니라, 소설 무진기행霧津紀行에서 따온 이름인 '무진교' 아치형 다리는 갈대숲 탐방로를 자연과 이어주고 하늘, 바다, 들판, 낮은 구릉을 둘러 볼 수 있으니 순천이 고향인 시인은 메마른 시대 위에 한 줄기 단비가 되리라는 소명의식을 지니시고 지금처럼 늘 건필하시라는 당부를 드리면서 기행이라는 맥락이 같은 작품인 ─ 바다 한 가운데 모래를 쌓은 섬 같다고 해서 붙여진 이름 여수시 화정면 낭도리에 위치한 섬, 「사도沙島와 썰물」을 만나 보자.

모세의 기적 일어나면
일곱 개의 섬은 하나가 된다

바닷물이 멀어지면

하나 둘 드러나는 공룡의 발자국

더 낮아져라 이르는 짙푸른 물
먼 옛날, 육지와 갈라놓았다고 섬은 말 한다

바위를 부수어 구멍을 내고
조각상을 만들어낸 파도였건만

공룡의 흔적만은 가슴에 꼬옥 품은 듯
선명하게 서 있다

강태공 낚싯줄에
마지막 공룡의 울음이 걸리고

넓어지는 모래밭에 숨어 지친 발자국들
이제 다시 이름지어야할 공룡의 발걸음 일어선다.

– 「사도沙島와 썰물」 전문

　　시인은 여수 앞바다에 점점이 떠 있는 보석 같은 일곱 개의 섬 중에서 모세의 기적으로 유명한 사도沙島를 조명한다. 해마다 바닷물이 가장 많이 빠지는 영등날인 음력 이월 초하루와 조수가 가장 높이 들어오는 백중사리인 음

125

력 7월 보름이면 추도, 나끝, 연목, 중도, 시루섬, 장사도 등 사도를 이루는 일곱 개의 섬이 'ㄷ'자로 갈라지는 장관壯觀과 중생대 백악기 퇴적층에 광범위하게 분포된 공룡발자국 화석을 시의 종자로 삼은 작품이다. 7연 14행으로 이뤄진 「사도沙島와 썰물」은 여수를 사랑하는 시인의 애향정신의 산물이며 ─너무 많은 정보의 홍수 속에 시달린 도시인들을 손짓하는 홍보의 역할도 톡톡히 해 내는 작품이다.

린아, 시인의 시는 부드럽다. 그 부드러움에는 다양한 언어의 의미를 담고 있는 기교가 있다. 1연에서 일곱 개의 섬은, 서로 헤어져 있는 그리움이 모세의 기적이라는 도움으로 조우하는 느낌이라서 다감한 표정으로 다가오는 정취가 느껴진다. 바위에 구멍을 내는 성난 파도지만 공룡의 흔적만은 가슴에 꼬옥 품었다는 시어는 우리네 삶 또한 어떠한 시련에도 잃지 말아야할 소중한 무엇을 꼬옥 보듬으라는 교훈으로 와 닿는 대목이다. "강태공 낚싯줄에 / 마지막 공룡의 울음이 걸리고"란 표현은 위 작품에서 가장 서정성이 표출된 표현이다. 시는 쉬우면서 어렵고 어려우면서도 쉬운 형태를 만드는 일에 시인의 노력이 요구되는 장르라서 이를 이루려면 확실히 고급한 방법이 동원되어야 하고 훈습薰習 또한 동원되어야 가능한 일이다. 이런 문제를 극복한 린아 시인의 글 여정이 지난했음이 보여 지는 작품이라 하겠다. 시가 문학의 여러 장르에서 제일 선두에 있는 이유이기도 한 어려움을 시인은 답파踏破 한 듯 멋진 작품을 탄생시켰다.

6. 자화상, 시인의 인생이 주는 의미

　시는 마음에서 반응하고 인간의 정신을 순수와 더불어 아름다움이거나 옹골찬 의식의 방향을 제시해 주는 힘을 갖고 있을 뿐만 아니라 삶의 가치를 한층 승화하고 고양高揚하는 에너지원으로 작용한다. 그러나 시는 아무에게나 손짓하는 신호등이 아니고 오로지 필요를 절감하는 사람에게 어느 순간 찾아와 위로의 답을 던져주고 사라지는 신기루와 같은 이름이라서 구도자처럼 늘 깨어있어야 한다는 소명의식과 늘 낮아지려는 인성을 길러야 함도 좋은 시를 탄생하기위한 덕목인 셈이다. 이를 시적 기반으로 삼는다 하여도 시를 찾는 촉수를 가진 사람과 그렇지 못한 사람의 차이는 외관상으로는 다름이 없는 것 같지만 아름다움을 느끼는 정서와 그렇지 못한 사람의 정서와의 차이처럼 현격하다. 이런 이유에서 자고自古로 시의 가치는 필요로 만들어 내는 자발성에 의해서만 가치로 승화한다는 것이라 말한다. 이런 시의 본질을 꿰뚫은 린아, 시인의 시는 깊고 정서적인 호소력인 페이소스가 시적재능에 녹아들어 자신은 무덤덤한 표정을 짓지만 독자의 가슴은 젖어들게 하는 절제미와 함축미가 상당한 시인이며 행을 전개시

키는 기교나 연을 정리한 단정미端整美 또한 겸비한 시인이
라서 앞으로의 시적 성장이 큰 기대가 되는 시인이라 생각
된다. 작품 중 「인생」을 만나보자.

목적지가 있는 새는 비가 와도
젖은 날개로 쉼 없이 날며

집 없는 달팽이는 집 찾아
끝없이 미끄러지는데

저 멀리 등대 불빛은
기억의 편린으로 바스라지고

깊이를 모르는 파도에
방향을 잃고 자맥질 한다

인생이란
작은 뗏목의 돛처럼 위태로우나

나, 거친 풍랑에도
기꺼이 앞으로 나아가리라

– 「인생」 전문

위 작품 「인생」은 한 연씩 수채화처럼 아름답게 보여주는 작품이다. 1연에서, 목적지가 분명한 인생은 "젖은 날개로 쉼 없이 날며" 2연에서, 목적지 없는 달팽이는 "끝없이 미끄러지는데"로 대비되는 메타포가 선명하게 그려진 시어의 포착이 인상적이다.

3연에서, "기억의 편린으로 바스라지고" 4연에서, "방향을 잃고 자맥질 한다"는 시지프스의 형벌을 떠올리게 하는 우리네 인생의 허망을 만나게 하는 의태어가 마침하게 자리한 기교가 돋보이는 표현이다.

5연에 가면 "인생이란 / 작은 뗏목의 돛처럼 위태로우나"라며 전체를 견고하게 하는 결론을 제시하고 6연에서는 시인 자신의 자화상이 그러하듯 "나, 거친 풍랑에도 / 기꺼이 앞으로 나아가리라"는 결기어린 단단한 내공을 도출하며 탈고를 하는 - 시인의 가장 멋진 서정시의 진면목이라 필자에게도 기쁨의 원천이 되는 작품이다.

7. 청백리 최석崔碩을 기리는 팔마비八馬碑

하늘의 뜻 순응하는 삼산에
수수 백백 철쭉꽃 피고 지고

순천만 젖줄 이수 굽이굽이

구마九馬 행렬 청렴한 향기 뿜어

유구한 역사 문화 생태의 터전
청백리 맑은 길 초석이어라

면면히 이어져 온 팔마八馬 정신은
눈물어린 민초 향한 최석 부사의 얼

부민이 세워 기린 최초 선정 청덕비
세세토록 무궁한 순천의 빛 되리라

– 「팔마비 예찬」 전문

　　순천시의 또 하나의 자랑인 유형문화재인 '팔마비'가 시에 종자로 탄생된 작품이다. '팔마비八馬碑'는 고려 말 청백리인 최석崔碩부사의 송덕을 기리는 기념비이다. 순천시는 대한민국 전라남도 동부에 있는 시로서, 1995년 승주군과 통합하여 도농복합시가 되었으며 전라남도청 동부청사가 있는 곳이다. 행정구역은 1읍 10면 13동으로 인구는 2022년 9월 조사에 의하면 27만 9222명의 생활 터전인 지역으로 송광사. 선암사. 외에 왜구로부터 백성을 보호하기 위해 만든 조선시대의 성곽유적인 낙안읍성 민속마을 등 휴가 만족도 조사에서도 1위를 차지하는 곳이다. 쾌적

한 환경은 매년 흑두루미 개체수가 꾸준히 늘어나는, 중
소도시로서는 드물게 사람 살기 좋은 지역이기도 한 순천
은 린아, 이순자 시인의 시적 태반이 되기도 한다는 사실
이다. 사위四圍가 시가 되는 자연환경은 시인에게는 큰 축
복이 아닐 수 없음이다.

8. 시인의 향내가 머무는 곳

　모든 시에는 시인의 향내가 있다. 엘리엇의 시는 고답하
고 난해한 개성이 들어있고 상징파의 말라르메나 라마르띠
네의 시엔 그들만의 상징이 숨을 쉬고 있다. 이런 말은 곧
시인은 자기 시에 자기만의 향내를 간직하게 되는 이를 개
성의 표현이라 부르게 된다.

　생선을 싼 종이엔 비린내가 날 것이고, 꽃을 싸면 꽃향
기가 나는 이치처럼 시에도 개성의 향내가 있어 그만의 세
계를 구축하는 일이 곧 시업의 결과로 이어지게 되는 이치
이다. 여느 시인과 시적 수로가 다른 린아 시인의 시작詩
作이 주는 기대가 큰 것은 거개 서정시인들이 다루는 형이
하학을 뛰어넘은 포괄적 시인의 소명의식이 감지되기에 앞
으로 시인이 수확하게 될 기쁨이 약속으로 도래하리라 예
감되는 다음 작품을 만나보자.

거리엔 은행잎 춤추고
들판은 가을바람 스산한데
농사짓는 어르신들 여전히 바쁘시다

배움에 목마른 이들, 행여
수업시간 늦을세라 밭일하다 달려와
바쁜 틈에도 묵직한 봉지 안겨주신다

이제는 거리의 간판 글자도 알고
깜깜하던 저금통장의 숫자도 읽고
글솜씨 자랑대회에서 상장도 받았으니

지금 죽어도 여한이 없노라 하신다
일제 강점기와 전쟁의 폐허 위에
굳세게 맞섰던 까막눈의 어머니들

당당히 우리나라 일으켜 세웠나니
그 위대한 헌신과 숭고한 희생 앞에
겸손히 낮아지는 평생학습 한글강사

선생님 덕분에 세상 훤히 보인다시며
기쁨의 눈물로 나의 손을 정답게 잡으신
어르신들에게서 삶의 지혜를 배우는 중이다.

- 「한글작문교실에서」 전문

타인과의 관계망 속에서 시인의 향내가 감지되는 작품
이다. 시인의 보살도菩薩道는, 일제강점기와 동존상잔의 전
쟁이 남긴 잿더미 속에서 오로지 입에 풀칠이라도 해야 하
는 처절한 가난에 내몰려서 한글을 깨우치지 못한 어르신
들, 일명 까막눈이라 하는 문맹으로서 답답하게 살 수밖
에 없는 분들이 아직도 상당수 존재하기에 이런 고충에 린
아, 시인은 열정으로 한글을 깨우쳐 드리려는 봉사奉仕를
한다. 그러면서 오히려 낮아지는 겸손한 자리를 지키게 되
며, 삶의 지혜를 배운다는 시인은 어르신들의 환한 세상을
열어주는 선생님의 향내로 빚어진 작품이다. 이타적 정신
으로 공존하려는 시인의 소명의식에 독자는 엄지를 추켜
세워 화답하리라 생각된다.

9. '도라지꽃' 들의 소리 없는 함성

한 사람의 시인에게는 역사의 자각이 들어있고 그의 시
적 반응과 삶의 조화에서 시의 정서가 생명으로 태어난다.
다시 말해서 역사의 흐름을 외면하지 않고 시적정서에 포
착시킬 때에 시인만의 생동하는 이미지를 구축하는 조화
미를 이루게 된다는 뜻이다. 이는 시인이 만들고 때로는 선
택하는 이미지이지만 독자에게는 폭넓은 의식을 고양하게
하는 지식이 되게도 한다. 린아 시인의 시는 의식의 뼈가

중추를 이룬다. 뼈는 사회의식의 일면일 수도 있고 약소국가가 겪어온 민족의 아픔일 수도 있다. 선한 감수성을 지닌 린아 시인의 표현미 농후한 「평화의 소녀상」을 마지막 작품으로 만나보자.

태양빛 사라져버린

어둠의 참혹한 나날

억장이 무너져 내리고

목 놓은 절규는

무자비한 총칼 앞에 숨죽였다

새파랗게 얼어붙은 심장에

통한의 울분 끓어오르고

차마 말 할 수 없는 슬픔

끝까지 숨기고 싶었던 치욕을

투명한 하늘 향해 밀어 올렸다

모진 세월 덧없이 가고

아물지 못한 상흔 송이송이

무능한 시대 혼탁한 세상에, 여직

처절한 나신으로 외로이 섰나니

이제는 반드시 진실의 역사를 새겨야 하리

못 박힌 걸음걸음 돌고 돌아

평화를 갈망하는 나비가 되어

그리운 고향 아늑한 땅에 비바람 불기 전

청초한 모습 나폴 거리는 꽃으로 돌아갈 수 있다면

정의와 평화를 갈망하는 따스한 손길 굳게 잡으리라

- 「평화의 소녀상」 전문

　1918년 일본군의 시베리아 출병 때 7개 사단 가운데 1개 사단이 성병환자로 폐인이 되니 이 소모를 막기 위해 1931년 만주사변 당시엔 공창가公娼街가 고정화 되어 일본군이 가는 곳마다 위안소라는 명목 하에 일명 '도라지꽃'들이 짓밟히게 된다. 1941년 2차 세계대전 당시엔 관동군關東軍 24만 명과 13세에서 30세 까지의 한국여성 2만 명을 모집하여 그 중에, 1만 명의 '도라지꽃'이 소련 전략의 일환으로 관동군에 끌려가게 되는 참혹한 역사라고 문서는 되어있지만 실제로 대다수 학자들은 약 20만 명 정도라고 예상하고 있다. 정신대로 짓밟혔든, 위안부로 짓밟혔던 그 치욕의 아픔은 일부 몇몇 의식 있는 일본의 정치인을 빼고는 아직도 일본의 고자세로 완전히 해결되지 않고 있다. 도덕적 정조관념이 요구되던 시대에 성노예라면 누가 모집에 응했으랴 "돈 많이 벌게 해 준다"는 기만으로 모집해놓고 꽃다운 여성들에게 행해진 상황은 상상하기도 두려운 생지옥이었으니. 이 상황을 1연에서, 시인은 "억장이 무너져 내리고"라는 표현으로 그들의 참담함을 알린다. 2연에서, "차마 말 할 수 없는 슬픔"이라는 표현은 - 여성으로 가장 숨기고 싶은 치욕감이 숨겨져 있다. 3연에서, 아직도 온전히 진실이 규명되지 않는 상태에서 모두 돌아가시고 2022년 현재 연로하신 생존자 열 한분의 외침을 "처절한 나신으로 외로이 섰나니"라고 시인은 포효한다. 4연에서는 "못 박힌 걸음걸음 돌고 돌아 / 평화를 갈망하는 나비가 되어" 꽃으로 거듭나기를 시인은 소망하며 탈고를 한다.

그 당시 16세인 필자의 어머니도 모집 대열에 섰다가 집에서 키우던 강아지가 갑자기 죽었다는 비보를 접하고 귀가하셔서 화근을 피했다는 말씀을 생전에 셀 수없이 반복하시는 트라우마에 시달리시다가 소천 하셨다. 어떤 보상이라서 성이 찰까 만은 다 돌아가시기 전에 반드시 사과 받고 해결되어야할 숙제인 것은 명징한 사실이다.

10. 에필로그

시는 인간의 고통과 시련을 희망의 이름으로 노래할 때, 꿈이 익는 아름다운 깃발을 펄럭인다면, 린아, 이순자 시인의『홀씨 되어 나비 되어』시집詩集은 그런 정서에서 깊이가 있다. 더욱이 시인의 표현은 머리로 쓴 기교가 아니라 절절한 가슴으로 쓴 서정시詩라서 독자들은 눈물을 훔칠 도톰한 손수건을 준비해야 하리라. 그의 시적 표현은 나긋함 보다는 단단한 내공이 빚은 - 정의와 평화를 갈망하는 인류애 적 고찰에서 건졌기에 그늘진 우리의 근대사적 아픔을 자각하게 한다. 또한 사족 없이 정갈한 시적 표현을 구사하는 센스 또한 상당한 작가이다. 한마디로, 린아, 이순자 시인의 시는 심오深奧하다.